L'AMOUR

TEMPOREL

Édition : BoD · Books on Demand,
31 avenue Saint-Rémy, 57600 Forbach, bod@bod.fr
Impression : Libri Plureos GmbH, Friedensallee 273,
22763 Hamburg (Allemagne)
ISBN : 978-2-3225-7342-4
Dépôt légal : Mars 2025

Clara marchait d'un pas pressé à travers les rues animées de Paris. Le vent d'automne jouait avec ses cheveux bruns et elle resserrait son écharpe autour de son cou pour se protéger du froid. Elle venait de terminer une longue journée de travail à la bibliothèque nationale, où elle était archiviste. Ce soir-là, elle avait prévu de rejoindre son amie Nadia pour un dîner dans un petit bistrot du marais. Alors qu'elle traversait la place de la Bastille, son regard fut attiré par une petite librairie nichée entre deux immeubles. Les lumières chaudes à l'intérieur semblaient l'inviter à entrer. Clara était toujours attirée par les livres et elle ne pouvait résister à l'envie de jeter un coup d'œil.

À l'intérieur, l'odeur du papier et de l'encre l'enveloppa immédiatement. Elle parcourut les rayons, effleurant les couvertures des livres du bout des doigts. C'est alors qu'elle le vit. Un homme, debout, près d'une étagère, plongé dans la lecture d'un vieux roman. Il avait des cheveux châtains légèrement bouclés et des yeux d'un bleu profond qui semblaient capturer toute la lumière de la pièce. Clara senti son cœur s'emballer. Elle ne savait pas pourquoi mais cet homme dégageait une aura mystérieuse et attirante. Comme si quelque chose de plus grand que la simple coïncidence les avait réunis ici. Elle s'approcha de lui, hésitante.

- Excusez-moi dit-elle doucement. Vous lisez "Le Temps des Secrets" de Marcel Pagnol ? C'est l'un de mes livres préférés.

L'homme leva les yeux, surpris. Un sourire chaleureux éclaira son visage.

- Oui c'est un chef d'œuvre. Vous aimez Pagnol ?

- Absolument répondit Clara, ses mots ont une magie particulière. Je m'appelle Clara au fait.

-   Enchanté Clara, moi c'est Alexandre.

Ils échangèrent quelques mots de plus, partageant leur passion commune pour la littérature. Clara apprit qu'Alexandre était écrivain, en visite à Paris pour une série de conférences. Ils décidèrent de continuer leur conversation autour d'un café et ce qui devait être une rencontre fortuite se transforma en une soirée inoubliable. Les semaines passèrent, Clara et Alexandre se virent de plus en plus souvent, ils exploraient Paris ensemble, partageant des moments de complicité et de tendresse.
Cependant, Clara sentait qu'Alexandre lui cachait quelque chose. Il avait des moments d'absence, des silences inexplicables qui laissaient planer un mystère autour de lui. Un soir alors qu'ils se promenaient le long de la Seine, Clara décida de lui poser la question qui la tourmentait.

-    Alexandre, je sens que tu ne me dis pas tout. Il y a quelque chose que tu me caches n'est-ce pas ?

Alexandre s'arrêta, le regard perdu dans le fleuve.

-    Clara il y a quelque chose que tu dois savoir. Quelque chose qui pourrait tout changer entre nous.

-    Quoi donc ? demanda-t-elle, inquiète.

-    Je viens d'une autre époque, avoua-t-il finalement. Je viens du passé, de l'année 1923 pour être précis.

Clara resta sans voix. Elle aurait pu croire à une plaisanterie mais le regard sérieux d'Alexandre lui disait le contraire.

-    Comment est-ce possible ? Nous sommes dans les années 1970 murmura-t-elle.

- Je ne sais pas exactement répondit-il. Un jour, je me suis retrouvé ici, à votre époque, sans comprendre comment ni pourquoi. Depuis, je recherche un moyen de retourner chez moi, mais en te rencontrant tout a changé.

Clara sentit son cœur se serrer. Elle aimait Alexandre, mais comment pourraient-ils être ensemble si leurs époques les séparaient. Malgré la révélation d'Alexandre, leur amour continua de grandir. Ils savaient que leur relation était vouée à l'incertitude mais ils décidèrent de profiter de chaque instant ensemble. Cependant, l'ombre de la séparation planait toujours au-dessus d'eux. Un jour, Alexandre découvrit une ancienne montre de poche dans une boutique d'antiquités. En l'examinant de plus près, il réalisa qu'elle portait les mêmes symboles que ceux gravés sur une vieille photographie qu'il avait trouvé en arrivant à notre époque. Il comprit alors que cette montre était la clé pour retourner en 1923.

- Clara, je pense avoir trouvé un moyen de rentrer chez moi dit-il la voix tremblante.

Clara sentit les larmes monter.

- Alexandre je ne veux pas te perdre.

- Je ne veux pas te perdre non plus murmura-t-il en la prenant dans ses bras. Mais je dois essayer. Peut-être qu'il y a un moyen pour nous de nous retrouver même à travers le temps.

Le jour où Alexandre devait utiliser la montre, ils se retrouvèrent une dernière fois près de la Seine, là où tout avait commencé. Ils s'embrassèrent, les larmes aux yeux sachant que leur amour transcenderait le temps et l'espace.

- Je t'attendrai dit Clara, peu importe combien de temps cela prendra.

- Je reviendrai pour toi promit Alexandre.

Il activa la montre et en un instant, il disparut laissant Clara seule avec l'espoir et l'amour qu'ils avaient partagé. Les années passèrent et Clara continua de vivre sa vie, gardant toujours l'espoir qu'Alexandre reviendrait un jour. Elle devint écrivaine renommée, partageant leur histoire à travers des livres inspirant des générations de lecteurs. Un matin alors qu'elle se promenait le long de la Seine, une silhouette familière apparut devant elle. C'était Alexandre, les cheveux légèrement grisonnants mais les yeux toujours aussi bleus et profonds.

- Clara dit-il doucement.

Elle courut vers lui, les larmes aux yeux.

- Alexandre tu es revenu.

- Je t'avais promis que je reviendrais répondit-il en la serrant dans ses bras.

Leur amour avait survécu à l'épreuve du temps, prouvant que certaines histoires d'amour sont destinées à durer éternellement, peu importe les obstacles. Clara et Alexandre se tenaient enlacés sur le quai de la Seine, les passants autour d'eux semblant s'effacer dans l'arrière-plan. L'émotion était palpable et les mots semblaient superflus. Après quelques instants, ils se détachèrent légèrement l'un de l'autre, leurs mains toujours entrelacées.

- Comment… Comment as-tu réussi à revenir ? demanda Clara, la voix tremblante d'émotion et de curiosité.

Alexandre sourit, les yeux pétillants de la même intensité que lors de leur première rencontre.

- La montre m'a renvoyé en 1923 mais j'ai passé des années à étudier son mécanisme et à chercher une solution pour revenir à toi. J'ai finalement trouvé une manière de manipuler le temps mais cela m'a pris des décennies.

Clara réalisa alors que pour Alexandre beaucoup plus de temps s'était écoulé.

Elle caressa doucement son visage, sentant les rides, qui n'étaient pas là auparavant.

- Tu as traversé tout ça pour moi.

- Chaque seconde en valait la peine répondit-il, ses yeux brillants de sincérité. Je savais que notre amour était plus fort que le temps lui-même.

Le retour d'Alexandre ne fut pas sans conséquences. Le monde avait changé depuis son époque, il devait s'adapter à cette nouvelle ère. Clara l'aida à naviguer dans cette transition et ensemble ils découvrirent Paris sous un nouveau jour. Cependant, Alexandre se rendit compte que le temps qu'il avait passé loin de Clara avait laissé des marques indélébiles. Il avait vécu des

décennies sans elle et bien que leur amour soit resté intact, il devait maintenant composer avec les souvenirs et les expériences de deux vies parallèles. Clara de son côté, se rendit compte que l'homme qu'elle aimait avait changé. Il était toujours le même Alexandre mais il portait le poids de nombreuses années supplémentaires. Elle décida de l'accepter tel qu'il était, avec toutes ses cicatrices et ses histoires.
Un jour alors qu'ils se promenaient dans le jardin des Tuileries, Alexandre s'arrêta brusquement.

- Clara il y a quelque chose que je dois te dire.

Elle sentit son cœur à nouveau se serrer.

- Quoi donc ?

- En manipulant le temps pour revenir ici, j'ai découvert que cela avait un coût. Le temps n'est pas une simple ligne droite

que l'on peut traverser à volonté.
Chaque voyage laisse des traces, des
failles dans le tissu même de la réalité.

Clara fronça les sourcils, inquiète.

- Que veux-tu dire ?

- Je veux dire que mon retour a créé une
instabilité. Si je reste trop longtemps,
cela pourrait avoir des conséquences
désastreuses pour le monde tel que
nous le connaissons !

Clara sentit les larmes lui monter.

- Mais alors que devons-nous faire ?

- Je dois trouver un moyen de stabiliser
ces failles ou je devrais repartir
répondit-il, la voix tremblante.

Déterminés à trouver une solution, Clara et
Alexandre se plongèrent dans des recherches
intenses. Ils consultèrent des experts en
physique quantique, des historiens,

cherchant désespérément un moyen de réparer les failles temporelles sans qu'Alexandre ait à repartir.

Leur quête les mena à travers l'Europe, des archives secrètes du Vatican aux laboratoires de recherche en Suisse. Chaque découverte les rapprochait un peu plus de la solution mais le temps leur manquait.

Un soir, alors qu'ils étaient à Florence, Alexandre fit une découverte cruciale dans un ancien manuscrit.

- Clara regarde ça dit-il excité. Ce rituel pourrait stabiliser les failles mais il nécessite un sacrifice.

- Quel genre de sacrifice ? dit Clara.

- Je devrais renoncer à une partie de mes souvenirs de notre amour pour stabiliser le temps dit Alexandre.

Clara et Alexandre se trouvèrent face à un dilemme déchirant. Pour sauver le monde et permettre à Alexandre de rester, ils devaient sacrifier une partie de ce qui les unissait. Après des nuits d'insomnie et des discussions interminables, ils prirent leur décision. Ils se rendirent dans une ancienne chapelle abandonnée où le rituel devait avoir lieu. Alexandre, tenant fermement la main de Clara, prononça les paroles inscrites dans le manuscrit. Une lumière éblouissante les enveloppa et Clara sentit une partie de leur histoire s'échapper d'elle. Lorsque la lumière disparut, Alexandre la regarda avec des yeux légèrement voilés.

- Clara je... je sais que je t'aime mais certains souvenirs me semblent flous.

Clara sourit à travers ses larmes.

- Nous avons encore le présent et l'avenir Alex. Nous reconstruirons ce que nous avons perdu !

Clara et Alexandre retournèrent à Paris, déterminés à écrire un nouveau chapitre de leur histoire. Ils savaient que les souvenirs qu'ils avaient sacrifiés ne reviendraient jamais mais ils étaient prêts à créer de nouveaux moments ensemble. Leur amour, bien que marqué par les épreuves, était plus fort que jamais. Ils avaient prouvé que même les obstacles les plus insurmontables pouvaient être vaincus lorsque deux âmes étaient destinées à être ensemble. Et ainsi, sous le ciel de Paris, Clara et Alexandre commencèrent leur nouvelle vie, main dans la main, prêts à affronter tout ce que le destin leur réservait. Les jours passèrent, Clara et Alexandre retrouvèrent peu à peu un équilibre dans leur vie. Ils redécouvrirent Paris ensemble comme s'ils exploraient la ville pour la première fois. Chaque coin de rue, chaque café, chaque librairie devint un nouveau souvenir à chérir.

De retour dans son époque maintenant, Clara n'arrivait pas à oublier la rencontre avec Alexandre en 1923. Ses pensées étaient constamment hantées par l'image d'Alexandre. Un soir, alors qu'elle examinait les archives temporelles, elle découvrit une nouvelle anomalie. Cette fois c'était une série d'événements étranges qui se produisaient à travers différentes époques, tous liés par un mystérieux symbole.

Le symbole semblait être une clé, un indice crucial pour comprendre et résoudre les anomalies temporelles. Clara se lança dans une nouvelle quête, voyageant à travers le temps pour déchiffrer le mystère. Lors de ses voyages, à travers le temps elle rencontra des personnages historiques fascinants, chacun ayant un morceau du puzzle. Cependant, une force obscure semblait la suivre, cherchant à l'empêcher de découvrir la vérité. Ses recherches la menèrent d'abord à la Renaissance italienne, où elle rencontra Leonardo da Vinci. L'artiste et inventeur, intrigué par le symbole, l'aida à déchiffrer une partie du code, révélant que le symbole était lié à un artéfact ancien connu sous le nom de

“L'Horloge du Destin”.
Da Vinci lui confia un manuscrit ancien
décrivant l'artéfact et son pouvoir de
manipuler le temps.

Au cours de ses recherches, Clara découvrit
l'existence d'une ancienne confrérie secrète
appelée “les Veilleurs du Temps”. Cette
confrérie avait pour mission de protéger le flux
temporel et de maintenir l'équilibre entre les
époques. Intriguée, Clara chercha à entrer en
contact avec eux. Après de nombreuses
péripéties et épreuves, elle réussit à gagner
leur confiance. Les Veilleurs lui révélèrent que
“L'Horloge du Destin” avait été volé par un
ancien membre renégat de la confrérie, qui
cherchait à réécrire l'histoire à son avantage.
Ils lui confièrent également que le symbole
était en réalité une marque laissée par
l'artéfact, indiquant les époques et lieux où le
renégat avait tenté de manipuler le temps.
Armée de ces nouvelles informations, Clara
se lança à la poursuite du renégat à travers les

âges. Ses voyages la menèrent à des époques tumultueuses et dangereuses, où elle dut faire preuve de courage et d'ingéniosité pour survivre. À chaque étape, elle se rapprochait un peu plus de son objectif mais le renégat semblait toujours avoir une longueur d'avance. Elle se retrouva dans l'Egypte antique, où elle découvrit que le renégat avait tenté de manipuler la construction des pyramides pour y cacher "L'Horloge du Destin".
Avec l'aide d'un jeune scribe nommé Imhotep, Clara déjoua les pièges et récupéra un fragment de l'artéfact.

Un jour, alors qu'elle se trouvait dans les années 1940, Clara fit une rencontre inattendue. Un homme mystérieux, portant le même symbole que celui de "L'Horloge du Destin", l'aborda. Il se présenta comme Édouard, un ancien Veilleur qui avait été banni pour avoir tenté de défier le renégat.
Ensemble, ils formèrent une alliance fragile,

mais nécessaire pour arrêter leur ennemi commun. Édouard révéla à Clara que le renégat prévoyait de déclencher une grosse guerre mondiale, en manipulant des événements clés. Ils décidèrent de se rendre à Berlin en 1945, où le renégat comptait utiliser "L'Horloge du Destin" pour changer le cours de l'histoire.

Édouard et Clara parvinrent finalement à localiser le renégat dans un bunker secret où il s'apprêtait à utiliser "L'Horloge du Destin" pour remodeler le temps selon ses désirs. Une bataille épique s'ensuivit, mêlant ruses, combats et manipulations temporelles. Clara, avec l'aide d'Édouard réussit à déjouer les plans du renégat et à récupérer "L'Horloge du Destin". Le renégat voyant ses plans échouer, tenta une dernière fois de s'échapper dans une autre époque. Clara et Édouard le poursuivirent à travers une série de portails temporels, chacun menant à des moments critiques de l'histoire. Finalement, ils réussirent à piéger le renégat dans une boucle temporelle, l'empêchant ainsi de nuire à nouveau.

Avec "L'Horloge du Destin" entre ses mains, Clara se retrouva face à un dilemme déchirant. Elle avait le pouvoir de réécrire le temps et de ramener Alexandre à ses côtés mais cela risquait de perturber l'équilibre temporel et de causer des conséquences imprévisibles. Après une longue réflexion, elle décida de détruire l'artéfact pour protéger le flux temporel. Édouard comprenant la douleur de Clara, lui promit de rester à ses côtés et de l'aider à veiller sur le temps. Ensemble ils retournèrent à leur époque, prêts à affronter de nouvelles aventures.

Après la disparition de Clara, dans différentes époques, Alexandre ne pouvait se résoudre à l'oublier. Il sentait qu'il y avait plus à découvrir sur les événements étranges qui les avaient réunis. Déterminé à comprendre ce qui s'était passé, il commença à enquêter sur le symbole que Clara avait mentionné avant de disparaître. Alexandre se rendit à la bibliothèque nationale de Paris, où il passa des jours à fouiller dans les archives. Il découvrit des manuscrits anciens mentionnant une confrérie secrète appelée " les Veilleurs du Temps" et un artéfact mystérieux connu sous le nom de "L'Horloge du Destin".

Ces documents faisaient écho aux récits de Clara et renforçaient sa détermination à découvrir la vérité. Lors de ses recherches, Alexandre fit la connaissance du professeur Dubois, un historien spécialisé dans les mythes et légendes temporelles. Dubois était fasciné par les découvertes d'Alexandre et offrit de l'aider. Ensemble ils décryptèrent des textes anciens et découvrirent des indices sur l'emplacement de "L'Horloge du Destin". Leurs recherches les menèrent en Égypte, où ils espéraient trouver des traces de l'artéfact. Alexandre et le professeur Dubois traversèrent le désert et explorèrent des tombes anciennes, affrontant des pièges mortels et des énigmes complexes. Lors d'une nuit sous les étoiles, ils discutèrent des sacrifices et des pertes inévitables dans leur quête.

Dans une ancienne cité enfouie sous le sable, Alexandre et Dubois découvrirent des fresques représentant le symbole de "L'Horloge du Destin". Ils rencontrèrent également une mystérieuse femme nommée Nadia, une archéologue qui avait consacré sa vie à la recherche de l'artéfact. Nadia lui révéla qu'elle avait des informations cruciales sur la confrérie des "Veilleurs du Temps". Avec l'aide de Nadia, Alexandre et Dubois découvrirent que l'un des membres de la confrérie, connu sous le nom de "le Renégat" avait trahi les Veilleurs et volé "L'Horloge du Destin" pour ses propres desseins.
Ils décidèrent de traquer le renégat, voyageant à travers l'Europe pour suivre ses traces. Leur quête les mena à Venise où ils découvrirent que le renégat prévoyait d'utiliser "L'Horloge du Destin "pour manipuler des évènements

historiques clés. Alexandre et ses alliés infiltrèrent une réunion secrète de la confrérie, où ils furent confrontés au renégat. Une bataille s'ensuivit, mêlant intelligence et courage.

Après avoir échappé de justesse au renégat, Alexandre trouva un ancien manuscrit. Ce manuscrit contenait des instructions sur la façon de neutraliser "L'Horloge du Destin" et de rétablir l'équilibre temporel. Cependant, il nécessitait un sacrifice personnel immense. Alexandre comprit que pour sauver le flux temporel et retrouver Clara, il devait faire un choix déchirant. Il décida de suivre les instructions du manuscrit, sachant que cela pouvait signifier sa propre disparition de l'histoire. Avec le soutien de Dubois et Nadia, il entreprit le rituel complexe. Il sentit une force puissante l'envahir. Au moment critique, il fut transporté à travers le temps et l'espace.

La quête infinie après avoir détruit "L'Horloge du Destin", Alexandre, Dubois et Nadia se retrouvèrent dans une salle mystérieuse, entourée de portails scintillants menant à différentes époques et lieux. Malgré leur victoire, Clara était toujours considérée comme disparue. Alexandre savait qu'il devait continuer à la chercher. Les trois aventuriers furent soudainement entourés par des "Veilleurs du Temps". Le chef des Veilleurs, un homme sage nommé Orion, leur expliqua que Clara était piégée dans une boucle temporelle créée par les résidus de "L'Horloge du Destin". Pour la sauver, ils devraient traverser plusieurs époques et résoudre des énigmes. Orion ouvrit un portail menant à l'Angleterre victorienne. Alexandre, Dubois et Nadia se préparèrent et franchirent le seuil, se retrouvant dans les rues brumeuses de Londres. Ils devaient retrouver un artéfact caché dans un manoir abandonné, qui contenait un indice crucial. Le manoir était sombre et sinistre avec des couloirs et des pièces remplies de secrets. Ils furent confrontés à des apparitions spectrales et des pièges ingénieux. Nadia, grâce à ses compétences en archéologie décrypta des symboles anciens qui les guidèrent vers une chambre secrète, ils trouvèrent un vieux journal appartenant à un membre des "Veilleurs du Temps". Le journal contenait des indices sur la localisation d'un portail caché menant à la prochaine époque. Alexandre lut à haute voix un passage décrivant une mystérieuse machine temporelle cachée dans les catacombes de Paris.

Alexandre, Dubois et Nadia descendirent dans les catacombes, un couloir sombre et étouffant. Ils suivirent les indications du journal, évitant des pièges mortels et des créatures effrayantes. Finalement, ils trouvèrent une salle cachée contenant une ancienne machine temporelle. En activant la machine, ils furent transportés à Florence, en pleine renaissance. Ils se trouvèrent au milieu d'une fête somptueuse dans le palais de Médicis. Pour trouver le prochain indice, ils devaient infiltrer la fête et interroger les invités sans éveiller des soupçons. Habillée en noble dame et masquée, Nadia attira l'attention d'un érudit qui possédait des connaissances sur les "Veilleurs du Temps". Pendant ce temps, Alexandre et Dubois fouillèrent discrètement la bibliothèque du palais, découvrant un parchemin ancien indiquant l'emplacement d'un portail caché dans les montagnes des Andes.

Alexandre, Dubois et Nadia se dirigèrent vers les montagnes des Andes affrontant des conditions climatiques extrêmes et des terrains dangereux. Ils découvrirent un temple inca caché, gardé par des pièges astucieux et des énigmes complexes. Grâce à leur détermination, ils réussirent à déverrouiller le portail.
Le portail les transporta dans un futur dystopique où la technologie avait pris le contrôle de la société. Ils devaient rentrer dans une ville fortifiée et trouver un ancien

scientifique qui détenait des informations sur la boucle temporelle. Le scientifique, un homme âgé nommé professeur Elias, leur révéla que Clara était bien piégée dans une époque perdue, une dimension parallèle où les lois du temps étaient altérées. Pour la sauver, ils devaient trouver un artéfact appelé "le Cristal des âmes", coupable de briser la boucle temporelle. Après avoir obtenu ces informations du professeur Elias, Alexandre, Dubois et Nadia se mirent en route du "Cristal des âmes". Le scientifique leur avait donné plusieurs indications sur le lieu où le Cristal pourrait être caché. La première destination était une île mystérieuse au milieu de l'océan atlantique.

Arrivés sur l'île, ils furent accueillis par une jungle dense et des ruines anciennes. Ils devaient naviguer à travers des pièges naturels. Nadia, grâce à ses connaissances archéologiques, identifia des inscriptions sur les murs des ruines, qui les guidèrent vers une caverne secrète.

Dans cette caverne, ils découvrirent un lac souterrain et au milieu du lac se trouvait le cristal. Alexandre s'avança prudemment et trouva un fragment du "Cristal des âmes". Cependant leur victoire fut de courte durée car la caverne commença à s'effondrer. Avec les murs de la caverne qui se rapprochaient dangereusement, ils coururent pour sauver leur vie. Dubois utilisa ses compétences en escalade pour trouver une sortie alternative. Ils réussirent à s'échapper à temps, le fragment du Cristal en main. Une fois dehors ils virent un gardien mécanique, une relique d'une civilisation avancée. Le gardien les mit à l'épreuve, testant encore leur courage et intelligence, ils réussirent à convaincre le gardien de leur donner un autre fragment du Cristal. Alors qu'ils quittaient la caverne, une tempête de sable se leva menaçant de les engloutir. Ils trouvèrent refuge dans une ancienne pyramide, où ils découvrirent des fresques racontant l'histoire des "Veilleurs du

Temps".
Ces fresques leur donnèrent de nouveaux indices sur la localisation du dernier fragment du Cristal.

Le dernier fragment se trouvait dans un temple caché au cœur de l'Amazonie. Ils affrontèrent des dangers naturels et des tribus protectrices du temple. Nadia utilisa ses compétences linguistiques pour négocier avec les tribus et obtenir leur aide. Ils durent encore affronter une épreuve physique et mentale, l'épreuve les rapprochaient un peu plus du dernier fragment. Alexandre, Dubois et Nadia unirent leurs forces pour surmonter l'obstacle prouvant ainsi la force de leur amitié.
Avec les trois fragments du "Cristal des âmes" enfin réunis, ils retournèrent voir le professeur Elias. Le scientifique les aida à assembler le Cristal, révélant une lumière éblouissante qui ouvrit un portail vers la dimension parallèle où Clara était piégée. En traversant le portail, ils

se retrouvèrent dans une dimension étrange et déformée, où le temps et l'espace ne suivaient plus les règles habituelles. Ils devaient naviguer à travers des paysages surréalistes et affronter des créatures mystérieuses pour trouver Clara.

Clara, séparée de ses amis, se retrouva piégée dans une époque futuriste, où la technologie avait atteint des sommets inimaginables. Les bâtiments s'élevaient jusqu'au cieux et les véhicules volants traversaient les cieux.
Clara, désorientée, chercha un moyen de contacter Alexandre.
En explorant cette nouvelle époque, Clara rencontra un groupe de rebelles appelés les cybernautes. Ces derniers, dotés d'implants cybernétiques, luttent contre un gouvernement oppressif qui contrôle les voyages temporels. Ils acceptèrent d'aider Clara à retrouver ses amis en échange de son aide pour renverser le régime. Les

cybernautes informèrent Clara que la tour de contrôle temporelle, un immense édifice au cœur de la ville, abritait la technologie nécessaire pour voyager à travers le temps. Cependant, la tour était hautement sécurisée et contrôlée par des drones et des gardes robotiques. Avec l'aide des cybernautes, Clara mit au point un plan audacieux pour infiltrer la tour. Ils utilisèrent des gadgets de haute technologie pour désactiver les systèmes de sécurité et neutraliser les gardes robotiques. Clara, équipée d'un exosquelette forgea un chemin jusqu'au cœur de la tour. Au sommet de la tour, Clara découvrit la salle des portails, une pièce remplie de portails temporels menant à différentes époques. En étudiant les commandes, elle réalisa qu'elle pouvait programmer un portail pour retourner à son époque d'origine.

Cependant, elle devait d'abord déjouer les systèmes de sécurité avancés. Alors qu'elle tentait de reprogrammer le portail, Clara fut confrontée à une intelligence qui contrôlait la tour. Une intelligence dotée d'une conscience propre, tenta de l'arrêter. Clara engagea un duel intellectuel avec l'intelligence, utilisant ses connaissances en informatique et en cryptographie pour la déjouer.

Après une lutte acharnée, Clara parvint à reprogrammer le portail. Elle remercia les cybernautes pour leur aide et leur promit de revenir les aider et de faire tomber ce gouvernement une fois qu'elle aurait retrouvé ses amis.

Clara traversa le portail, espérant atterrir dans une époque où elle pourrait retrouver Alexandre et ses amis. Elle se retrouva dans une époque encore plus avancée où l'humanité avait colonisé d'autres planètes. Les vaisseaux stellaires parcouraient l'univers et des stations spatiales gigantesques flottaient dans l'espace. Clara, fascinée par cette nouvelle réalité, chercha un moyen de contacter ses amis. En explorant une station spatiale appelée Alpha, Clara découvrit une communauté de scientifiques et d'explorateurs qui étudiaient les anomalies temporelles. Elle se lia d'amitié avec le professeur Tango, un scientifique renommé qui travaillait sur un projet de communication inter temporelle. Avec l'aide du professeur Tango, Clara envoya un message à travers le temps, espérant que ses amis le recevraient. Le message contenait des cordonnées et des instructions pour la retrouver. En attendant une réponse, Clara continua d'explorer cette époque fascinante, découvrant des technologies et des cultures avancées.

Après un temps infini, Alexandre, Dubois et Nadia, après avoir reçu le message de Clara, se précipitèrent pour décrypter les coordonnées et les instructions qu'elle avait laissées. Le message semblait provenir d'une époque futuriste lointaine, remplie de technologies avancées et de mystères à découvrir. Utilisant le portail temporel récemment découvert, le trio se retrouva à bord d'un vaisseau spatial en route vers la station Alpha. Cependant en arrivant, ils découvrirent que Clara avait déjà quitté la station pour explorer d'autres anomalies temporelles. Déterminés à la retrouver, ils décidèrent de suivre ses traces.

Leur première destination fut une planète recouverte de cristaux luminescents, qui émettaient une énergie mystérieuse. Les habitants de la planète, des êtres translucides appelés "les cristalliens" leur révélèrent que Clara était passée par là, cherchant des indices sur une ancienne civilisation capable de manipuler le temps. Les cristalliens les guidèrent vers l'Oracle des cristaux, une entité ancienne capable de voir à travers les époques. L'Oracle leur donna une vision de Clara, montrant qu'elle était maintenant sur une planète recouverte de forêts bioluminescentes, à la recherche d'un artéfact légendaire. En suivant les indications de l'Oracle, Alexandre, Dubois et Nadia se rendirent sur la planète aux forêts bioluminescentes. La végétation éclatante éclairait leur chemin tandis qu'ils exploraient ce monde enchanteur, ils rencontrèrent des créatures fantastiques et découvrirent des ruines. Au cœur de la forêt, ils traversèrent le temple des anciens, un édifice majestueux et mystérieux. À l'intérieur, ils aperçurent des inscriptions et des artéfacts qui semblaient liés à la manipulation du temps. Cependant, Clara avait déjà quitté le temple, laissant derrière elle des indices sur la prochaine destination. Les indices les menèrent à une île flottante dans le ciel, maintenue en lévitation par des technologies avancées inconnues. L'île abritait une société de savants et ingénieurs qui étudiaient les secrets de la gravité et du temps. Alexandre et ses amis espéraient que Clara avait trouvé des réponses ici. Sur l'île volante, ils rencontrèrent le Conseil des Sages, un groupe de scientifiques et de philosophes qui avaient aidé Clara à comprendre les mystères du temps. Le Conseil leur révéla que Clara avait découvert un portail menant à une époque encore plus lointaine, où les secrets du temps étaient gardés par des entités mythiques.

Le trio se retrouva dans une époque mythique, où des titans colossaux régnaient sur la terre. Ces êtres, dotés de pouvoirs immenses étaient les gardiens des "secret du temps". Alexandre et ses amis durent gagner leur confiance pour obtenir des infos sur Clara. Les titans les guidèrent vers la montagne sacrée, un lieu de pouvoir où le temps et l'espace se rejoignaient. Au sommet de la montagne, ils trouvèrent un ancien sanctuaire contenant pleins de manuscrits et des mots laissés par Clara, elle semblait être sur la piste d'un artéfact ultime capable de contrôler le flux temporel. Les inscriptions les conduisirent à un couloir temporel, un endroit où les époques se mêlaient et se confondaient.
À chaque tournant, ils se retrouvaient dans

des époques différentes rencontrant des versions passées et futures d'eux-mêmes. Les couloirs étaient un test de leur détermination et de leur ingéniosité. Au cœur d'un couloir, ils entendirent la voix de Clara leur donnant des indices pour naviguer à travers les époques. Bien qu'ils ne puissent pas la voir, sa présence était palpable. Elle leur révéla qu'elle avait découvert une vérité fondamentale sur le temps et qu'ils devaient la rejoindre dans une époque où tout avait commencé.

En suivant les instructions de Clara, le trio se retrouva dans une époque originelle, où les premiers "Veilleur du Temps" avait établi leur sanctuaire. Ici, ils espéraient enfin retrouver Clara et découvrir les secrets qui les avaient conduits à travers tant d'aventures.
Arrivés dans l'époque originelle, Alexandre et ses amis furent émerveillés par la beauté et la sécurité du sanctuaire des premiers "Veilleurs du Temps". Les structures anciennes,

entourées de jardins luxuriants, semblaient vibrer d'une énergie mystique. Cependant, Clara restait introuvable. Le trio rencontra les "gardiens du sanctuaire", des êtres immortels chargés de protéger les secrets du temps. Les gardiens leur révélèrent que Clara avait été là mais qu'elle était partie à la recherche du "Cœur du Temps", un artéfact légendaire capable de contrôler le flux temporel. Les gardiens leur donnèrent une carte étoilée, un artéfact ancien qui pouvait les guider vers le "Cœur du Temps". La carte était complexe, nécessitant des connaissances en astronomie et en cryptographie pour être déchiffrée. Alexandre, Dubois et Nadia mirent leurs compétences en commun pour comprendre les mystères de la carte.

La carte étoilée les conduisit à un portail interdimensionnel, un passage entre les réalités. En traversant le portail, ils se retrouvèrent dans une dimension parallèle où

le temps et l'espace étaient instables.
Chaque pas les faisait voyager à travers
différentes époques et réalités. Après des
péripéties à travers des réalités alternatives,
ils atteignirent la "forteresse du temps", une
structure imposante flottant dans un vide
interdimensionnel.

La forteresse était gardée par des créatures
temporelles, des entités capables de
manipuler le temps à leur guise. Pour accéder
au cœur de la forteresse, le trio d'amis dut
passer par une série d'épreuves temporelles.
Chaque épreuve les confrontant à des
versions alternatives d'eux-mêmes et à des
éléments clés de leur passé, les obligeant à
faire des choix difficiles et à affronter leurs
peurs.

Au centre de la forteresse, ils trouvèrent la
"salle des reflets", une pièce où des miroirs
magiques montraient des visions de
différentes époques. Dans un des miroirs, ils
virent Clara, qui semblait être piégée dans
une boucle temporelle. Ils comprirent qu'ils

devaient briser cette boucle pour la libérer.
Pour briser la boucle temporelle, ils durent affronter le "Maître du temps", une entité puissante qui contrôlait la forteresse.
Le Maître du temps impressionné par leur détermination leur proposa un marché, s'ils réussissaient à résoudre une énigme, il libérerait Clara.
L'énigme du Maître du temps était complexe, mêlant des éléments de physique et de philosophie. Le trio mit leurs esprits à l'épreuve, collaborant pour trouver la solution.
Après des heures de réflexion, rien ne venait, ils décidèrent de continuer leur quête. Le groupe se mit en quête du "Cœur du temps".
Ils découvrirent que l'artéfact était caché dans une dimension accessible uniquement par ceux qui avaient prouvé leur valeur dans le passé. Ensemble ils utilisèrent leurs connaissances et leur courage pour ouvrir le passage vers cette dimension.

La dimension cachée était un lieu de beauté et de mystère où le temps semblait s'écouler différemment. Ils y trouvèrent le "Cœur du Temps", un cristal brillant d'une énergie pure. En s'approchant de l'artéfact, ils ressentirent une connexion profonde avec le flux temporel. En touchant le "Cœur du Temps", Alexandre eut une vision des véritables intentions des "Veilleurs du Temps". Il découvrit que certains Veilleurs cherchaient à utiliser le Cœur pour contrôler le destin de l'humanité. Déterminés à empêcher cela, Alexandre et ses amis décidèrent de protéger l'artéfact et de préserver le libre arbitre. "Les Veilleurs du Temps" découvrant les intentions d'Alexandre et de ses amis, les attaquèrent pour s'emparer du "Cœur du Temps".
Une bataille s'ensuivit, mêlant toujours la technologie avancée et pouvoirs temporels. Alexandre, Dubois et Nadia luttèrent avec courage contre ces phénomènes effrayants et magiques à la fois. Grâce à leur esprit d'équipe, ils réussirent à vaincre les "Veilleurs

du Temps" et à protéger le "Cœur du Temps".
En plaçant l'artéfact en sécurité, ils
assurèrent que personne ne pourrait l'utiliser
pour manipuler le destin de l'humanité.
Avec le "Cœur du Temps" en sécurité,
Alexandre et ses amis décidèrent de
continuer leurs aventures à travers les
époques, explorant de nouveaux mondes,
toujours à la recherche de Clara, son amour
perdu. Soudain, une porte d'un espace-temps
s'ouvrit, Dubois et Nadia furent aspirés et
disparus dans un trou noir. Alexandre ne put
rien faire pour les retenir avec lui, en espérant
de les revoir bientôt dans un monde proche.

Le départ de Clara après la grande bataille
contre le seigneur des ombres lui fit ressentir
un vide immense. Alexandre, son compagnon
de toujours avait disparu lors de
l'affrontement final, emporté par un portail
mystérieux. Déterminée à le retrouver, Clara
décida de partir à sa recherche. Elle trouva un
ancien portail caché dans les profondeurs du

temps. Ce portail appelé le "portail des Mondes" permettait de voyager à travers différents espace-temps. Avec une prière silencieuse pour Alexandre, Clara franchit le seuil et fut transportée dans un nouveau monde.

Le "Monde des Tempêtes". Elle atterrit dans ce monde, où des tempêtes perpétuelles balayaient les terres. Les éclairs zébraient le ciel et le tonnerre grondait sans cesse. Elle rencontra un peuple vivant dans des citadelles flottantes, protégées des intempéries par des boucliers magiques. "Les Gardiens du Vent", des êtres aériens capables de contrôler les tempêtes acceptèrent d'aider Clara, en échange pour apaiser un esprit élémentaire en colère. Ensemble ils affrontèrent l'esprit, un titan de vent et de foudre et parvinrent à le calmer grâce à la magie du "sceptre des étoiles".
En reconnaissance, les "Gardiens du Vent" donnèrent une plume enchantée à Clara,

capable de guider son chemin à travers les tempêtes.

Ensuite elle fut transportée dans le "Royaume des Ombres", un lieu sombre et sinistre où les créatures de la nuit régnaient en maître. Elle y rencontra un groupe de rebelles, dirigé par une femme nommée Lysandra, qui luttaient contre un tyran.

Lysandra, une guerrière intrépide, expliqua que le tyran "Lord Nocturne" avait asservi le royaume et que seule une lumière pure pouvait le vaincre. Clara, utilisant le bouclier de vérité, révéla la véritable nature de "Lord Nocturne", galvanisant les rebelles pour une ultime bataille.

La bataille fut intense, avec des flèches enflammées et des sorts éclatants, illuminant la nuit. Clara affronta "Lord Nocturne" en duel utilisant le sceptre des étoiles pour repousser ses attaques ténébreuses. Finalement, elle parvint à percer son cœur avec une dague bénie, libérant le royaume de son emprise.

Après avoir libéré le "Royaume des Ombres " Clara reçut un ancien artéfact des rebelles. Une clepsydre magique capable de manipuler le temps. En utilisant cet artéfact, elle se transporta dans un autre espace-temps atterrissant dans les ruines du temps, un lieu où le passé, le présent et le futur se mélangeaient.

Les "Gardiens du Temps", des êtres mystérieux capables de naviguer à travers les courants temporels, l'accueillirent. Ils lui expliquèrent que pour retrouver Alexandre, cela sera très dur avec plusieurs étapes à franchir.

La première étape la conduisit à une époque ancienne, où elle rencontra un sage nommé Eryndor, gardien d'un temple oublié, lui révéla que la clé pour avancer résidait dans la compréhension des erreurs du passé. Clara, en explorant le temple, découvrit des fresques représentant des batailles et des alliances anciennes.

La deuxième étape la ramena à une époque plus récente, où elle devait déchiffrer des messages cachés dans des livres anciens. Avec l'aide d'un bibliothécaire nommé Alaric, Clara découvrit des indices sur la localisation d'Alexandre, dissimulés dans des récits de héros et de légendes.

La troisième étape la projeta dans un futur lointain, où elle rencontra une version plus âgée d'elle-même. Cette rencontre fut troublante mais révélatrice, car la Clara du futur lui donna des conseils précieux et lui remit un médaillon contenant un fragment de mémoire d'Alexandre.

Avec les trois étapes résolues, Clara retourna aux ruines du temps et présenta les réponses aux "Gardiens du Temps". Ils la conduisirent au "Temple des Destins", un lieu sacré où les fils du temps se rejoignaient.

Clara, toujours à la recherche de son bien aimé se lançait dans d'autres aventures palpitantes qui les rapprochaient un peu plus de leur époque dans cet espace-temps. Chaque nouvelle quête était une promesse d'espoir et de découverte.

Un jour, Clara se retrouva dans une ville ancienne, aux ruelles pavées et aux maisons à colombages. Elle avait entendu parler d'un sage qui possédait des connaissances sur les voyages temporels. En suivant les indices laissés par des voyageurs précédents, elle parvint à trouver la demeure du sage, une petite maison en bois entouré de jardins. Le sage, un homme aux cheveux blancs et aux yeux perçants, l'accueillit chaleureusement. Clara lui raconta son histoire, sa quête incessante pour trouver son bien aimé perdu dans les méandres du temps. Le sage écouta attentivement, puis lui révéla une ancienne prophétie, deux âmes sœurs séparées par le temps pourraient se retrouver grâce à une amulette magique, cachée dans une grotte secrète au sommet d'une montagne. Sans hésiter, Clara se mit en route vers la montagne, déterminée à trouver l'amulette.

Le voyage fut périlleux avec des chemins escarpés et des risques à chaque virage et des tempêtes soudaines mais Clara ne se laissa pas décourager. Sa détermination et son amour pour Alexandre la guidaient à chaque pas. Arrivée au sommet, Clara découvrit l'entrée de la grotte dissimulée derrière une cascade. À l'intérieur, elle trouva l'amulette, brillant d'une lueur douce et apaisante. En la tenant dans ses mains, elle ressentit une vague d'énergie parcourir son corps. Clara savait qu'elle était désormais plus proche que jamais de retrouver son amour perdu. Avec l'amulette en sa possession, Clara retourna vers le sage. Celui-ci lui expliqua comment l'utiliser pour voyager à travers le temps et l'espace. Clara, le cœur battant d'excitation et d'appréhension, se prépara à activer l'amulette. Elle savait que chaque aventure la rapprochait un peu plus de son bien aimé et elle était prête à affronter tous les défis pour le retrouver.
Ainsi, Clara continua son voyage à travers les

âges, guidée par l'amour et l'espoir, chaque aventure la rapprochant un peu plus de la réunion tant attendue. Clara, l'amulette magique en main, se sentait prête à affronter de nouveaux défis. Son voyage à travers le temps et l'espace l'avait déjà menée dans des lieux fascinants mais elle savait que d'autres aventures l'attendaient.

Un soir, alors qu'elle se reposait dans une auberge d'une ville médiévale, Clara fit un rêve étrange. Elle se trouvait dans un monde onirique, où les paysages changeaient constamment et où les créatures fantastiques déambulaient librement. Une voix éthérée lui murmura que son bien aimé se trouvait quelque part dans ce royaume des rêves, piégé par un sortilège. À son réveil, Clara se mit en quête d'un moyen d'entrer dans ce monde des rêves. Elle rencontra une vieille sorcière qui lui donna une potion spéciale. En la buvant, Clara fut transportée dans le royaume onirique. Là, elle dut naviguer à travers des énigmes et des illusions affrontant ses propres peurs, pour finalement libérer son bien aimé de l'emprise du sortilège. Clara, se retrouva ensuite dans une cité futuriste, où les machines dominaient les humains, ce qu'elle avait vécu dans d'autres espace-temps. Elle apprit que son bien aimé avait été vu pour la dernière fois dans cette cité, travaillant sur un projet secret de voyage temporel. Clara s'infiltra dans les laboratoires high tech, déjouant les systèmes d'alarmes et faisant équipe avec des robots rebelles qui aspiraient à plus de liberté. Ensemble, ils découvrirent des indices sur l'endroit où son bien aimé avait été transporté par erreur lors d'une expérience.

Clara fut ensuite transportée dans un monde, où les éléments de la nature étaient personnifiés en puissant esprit. Chaque région était dominée par un élément " la Terre, l'Eau, le Feu et l'Air". Les esprits de ces éléments étaient en conflit, perturbant l'équilibre naturel du monde. Pour retrouver son bien aimé, Clara devait apaiser les esprits et rétablir l'harmonie.

Elle entreprit de convaincre chaque esprit de cesser les hospitalités. Elle dut convaincre "la Terre". Elle arriva dans une vaste région dominée par des montagnes imposantes et des forêts denses. Le sol était riche et fertile mais les tremblements de terre fréquents et les glissements de terrain rendaient la vie difficile pour les habitants. L'esprit de la Terre, un géant de pierre nommé Terran était en colère et perturbait l'équilibre naturel. Pour apaiser Terran, Clara devait entreprendre une quête à travers les montagnes. Elle rencontra des villageois qui lui racontèrent que Terran avait été autrefois un protecteur bienveillant mais qu'il avait été corrompu par une ancienne malédiction. Clara décida de chercher la source de cette malédiction. Elle gravit des sommets escarpés, traversa des vallées profondes et affronta des créatures de pierres animées par la colère de Terran.

Finalement, elle trouva une ancienne caverne où était cachée une amulette maudite. En détruisant l'amulette, elle libéra Terran de sa malédiction. Reconnaissant, l'esprit de la Terre apaisa les tremblements de terre et les glissements de terrain, rétablissant la joie dans le royaume des montagnes.

Après avoir apaisé l'esprit de la Terre, Clara se retrouva dans un archipel entouré d'un océan tumultueux. Les marées étaient imprévisibles et les tempêtes marines fréquentes. L'esprit de l'Eau, une sirène majestueuse nommé Aquara était en colère et perturbait les courants marins. Clara apprit que pour apaiser Aquara elle devait récupérer les perles sacrées des profondeurs de l'océan, qui avait été volées par des pirates.
Elle embarqua sur un navire et navigua à travers les eaux traîtresses affrontant des monstres des mers et des pirates redoutables. Avec l'aide de dauphins amicaux et des pêcheurs locaux, Clara plongea dans

les profondeurs de l'océan pour récupérer les perles sacrées. Chaque perle récupérée soulageait un peu plus la colère d'Aquara. Une fois toutes les perles réunies, Clara les offrit à Aquara, qui en signe de gratitude, calma les tempêtes et rétablit l'équilibre des marées.

Ensuite, Clara se retrouva dans une région volcanique, où la terre était en perpétuelle ébullition et les volcans en éruption fréquente. L'esprit du Feu, un dragon flamboyant nommé Ignis était en colère et déchainait des torrents de lave. Pour apaiser encore une fois, Clara devait récupérer des cristaux de feu sacrés, cachés dans les profondeurs de volcans. Elle traversa des champs de lave, escalada des montagnes de feu. Chaque cristal qu'elle récupérait soulageait un peu plus la colère d'Ignis. Avec des forgerons locaux et des créatures de feu bienveillantes, Clara parvint à récupérer tous les cristaux de feu. En les offrant à Ignis elle soulagea sa colère, en signe de gratitude Ignis calma les éruptions volcaniques et rétablit l'harmonie dans le royaume des volcans.

Enfin Clara arriva ensuite dans une région dominée par des vents violents et des tempêtes incessantes. Les habitants vivaient dans des cités flottantes mais les tempêtes rendaient la vie périlleuse. L'esprit de l'Air, un aigle majestueux, nommé Zephyrus, était lui aussi en colère et déchaînait des tornades. Pour apaiser à son tour Zephyrus, Clara devait récupérer des plumes sacrées des vents, dispersées dans les cieux. Elle monta à bord d'un aéronef et pilota à travers des tempêtes, affrontant des créatures aériennes et des courants traîtres. Avec l'aide de pilotes expérimentés et d'oiseaux amicaux, Clara parvint à récupérer les plumes sacrées. Chaque plume récupérée donnait le sourire et calmait la colère de Zephyrus. Une fois toutes les plumes réunies, Clara les offrit à l'aigle qui, en signe de gratitude, calma à son tour les tempêtes et rétablit lui aussi l'équilibre des vents.

Après avoir bravé la " Terre, l'Eau, le Feu et l'Air" Clara avait réussi à soulager les esprits des éléments et à rétablir la paix, la joie dans chaque royaume. Chaque aventure l'avait rapproché un peu plus d'Alexandre.

Pendant ce temps Alexandre seul, ayant perdu ses amis dans un espace-temps, se trouva soudainement plongé dans un espace-temps mystérieux au cœur d'une époque glaciaire. Autour de lui un paysage blanc s'étendait à perte de vue avec des montagnes de glace scintillante, sous un ciel d'un bleu cristallin. Alors qu'il tentait de comprendre comment il avait atterri dans cet environnement hostile, il fut surpris par un groupe de chasseurs vêtus de peaux épaisses. Les habitants du monde glacial, surpris et curieux décidèrent de l'aider. Ensemble, ils entreprirent une série d'aventures palpitantes, affrontant des animaux préhistoriques, découvrant des grottes cachées et déchiffrant les mystères de cette terre ancestrale. Grâce à l'amitié et au courage de ses nouveaux compagnons, Alexandre apprit à survivre dans ce monde fascinant et impitoyable.

Encore sous le choc de son arrivée dans cette époque glaciaire, Alexandre prit un moment pour expliquer sa situation à ses nouveaux alliés, autour d'un feu crépitant dans une caverne accueillante. Il raconta son histoire, leur parla de Clara, une amie précieuse, disparue dans les méandres du temps. Il leur expliqua comment, en utilisant un dispositif, il avait entrepris un voyage à travers les âges pour la retrouver. Cependant quelque chose avait mal tourné, le propulsant dans un univers glacial, loin de son objectif initial. Les chasseurs, fascinés par son récit, échangèrent des regards intrigués. Même si le concept de voyage dans le temps leur était étranger, ils comprirent le désir profond

d'Alexandre de retrouver Clara.
Touchés par sa détermination et son histoire, ils décidèrent de l'aider dans sa quête. Ensemble ils cherchèrent des indices sur le fonctionnement du dispositif temporel et explorèrent des terres gelées à la recherche de signes qui pourraient guider Alexandre vers Clara.

À travers cette aventure Alexandre découvrit non seulement la force de l'amitié mais aussi le courage et la résilience nécessaire pour affronter l'inconnu. Alors, qu'Alexandre et ses nouveaux amis continuaient leur périple à travers les vastes étendues glacées, ils tombèrent sur une ancienne structure enfouie sous la neige et la glace. Les murs de pierres ornés de symboles énigmatiques semblaient raconter l'histoire d'un peuple ancien ayant maitrisé les secrets du temps. Intrigué, Alexandre sentit que cet endroit détenait peut-être la clé pour retrouver Clara.
Avec l'aide des chasseurs, ils déblayèrent

l'entrée de la structure et pénétrèrent dans un vaste réseau de tunnels. À l'intérieur, ils trouvèrent des fresques détaillants des voyages temporels et des artéfacts étranges, qui selon Alexandre pourraient être des dispositifs de voyage dans le temps. Tandis qu'ils explorèrent les lieux, ils découvrirent un mécanisme central, un grand cadran gravé avec des runes lumineuses.

Alexandre se remémorant ses connaissances sur les voyages temporels, commença à manipuler le cadran avec précaution. Les chasseurs fascinés, observaient en silence, prêts à intervenir si nécessaire. Après plusieurs tentatives, une lueur douce émana du mécanisme, illuminant la pièce d'une lumière chaleureuse. À cet instant, Alexandre ressentit un lien inexplicable avec Clara, comme si elle l'appelait à travers le temps. Encouragé par cette connexion, il ajusta les runes une dernière fois. Soudain une brèche temporelle s'ouvrit devant eux, tourbillonnant avec une énergie vibrante. Confiant, Alexandre se tourna vers ses amis chasseurs.

- Merci pour tout, sans vous je n'aurai jamais pu arriver jusqu'ici. Je reviendrai vous voir peut-être un jour.

Les chasseurs, émus, lui souhaitèrent bonne chance dans sa quête.

Avec un dernier regard vers ses compagnons, Alexandre franchit la brèche, espérant que de l'autre côté, il retrouverait Clara et pourrait enfin la ramener à son époque.

Alors qu'Alexandre traversait la brèche temporelle, il fut enveloppé par un tourbillon de lumières et de sons, comme si l'univers lui-même chantait son voyage. Lorsqu'il émergea de l'autre côté, il se retrouva dans un paysage totalement différent.

La chaleur du soleil caressait sa peau et une douce brise portait l'odeur des fleurs sauvages. Il était dans une vallée luxuriante, parsemée de collines verdoyantes et des ruisseaux scintillants.

En s'avançant, Alexandre remarqua que le lieu semblait étrangement familier, comme s'il avait déjà vu cet endroit dans un rêve.

Il se mit à explorer, guidé par une intuition profonde que Clara n'était pas loin. Tandis qu'il marchait, il entendit soudain le son d'une voix familière, claire et mélodieuse qui chantait une mélodie douce, son cœur bondit dans sa poitrine. Il suivit la voix à travers un bosquet de grands arbres et déboucha sur une clairière baignée de lumière. Là, au milieu des fleurs se tenait Clara, occupée à cueillir des pétales colorés. Alexandre s'approchait de la clairière, son cœur battait la chamade à la vue de ce qu'il croyait être Clara. Mais en s'approchant davantage, l'image commença à vaciller, se dissipant comme une brume, sous le soleil. Ce n'était qu'un mirage, une illusion créée par l'environnement mystérieux de cette vallée. Déçu mais déterminé Alexandre prit un moment pour se ressaisir. Il comprit que ce monde, bien que magnifique était rempli de mystères et de pièges. Il devait rester vigilant et ne pas se laisser distraire par des visions trompeuses.

En reprenant sa marche, Alexandre décida de suivre le ruisseau qui serpentait à travers la vallée. L'eau claire et chantante semblait l'inviter à continuer, comme un guide discret. Il espérait que ce chemin le mènerait à des indices plus concrets sur la véritable localisation de Clara.

Après plusieurs heures de marche, il atteignait un petit village niché aux creux des collines. Les habitants, bienveillants et curieux, l'accueillirent chaleureusement. Alexandre leur parla de sa quête et de Clara, décrivant son apparition et son caractère avec passion. Les villageois, touchés par son histoire, lui racontèrent qu'une jeune femme correspondant à sa description avait été vue, non loin de là cherchant elle aussi quelqu'un avec une détermination semblable. Ragaillardi par cette nouvelle, Alexandre remercia les villageois pour leur aide et se remit en route, le cœur rempli d'espoir. Il savait qu'il était sur la bonne route et que chaque pas le rapprochait un peu plus de Clara. Les défis restaient nombreux, mais il était prêt à les surmonter pour celle qu'il aimait.

Alexandre quitta le village, avec un sentiment renouvelé de détermination. Les récits des villageois avaient ravivé son espoir et il se sentait prêt à affronter les défis que le temps et l'espace pourraient lui réserver. Alors qu'il suivait le chemin indiqué par les habitants, il ne pouvait s'empêcher de réfléchir aux mystères du temps et à la manière dont ils semblaient jouer un rôle dans sa quête. Le sentier le mena à travers une forêt dense, où la lumière du soleil perçait à peine à travers le feuillage épais. Chaque pas semblait résonner dans un silence presque surnaturel.

Soudain, Alexandre ressentit une étrange sensation, comme si le temps lui-même ralentissait autour de lui. Les arbres semblaient se mouvoir imperceptiblement et l'air vibrait d'une énergie particulière.

Intrigué, il continua d'avancer, au bout du chemin, se dressait un ancien cercle de pierres, empreint d'une aura mystique. Alexandre sentit que cet endroit détenait un pouvoir unique, peut-être même la clé pour retrouver Clara. En s'approchant du cercle, il se remémora les histoires de portails temporels et de dimensions parallèles. Avec précaution, il posa la main sur l'une des pierres, espérant que cela déclencherait quelque chose.

À cet instant une douce brise se leva et un murmure indistinct empli l'air. Les pierres commencèrent à briller faiblement et Alexandre sentit une force l'attirer vers le centre du cercle. Fermant les yeux, il se laissa guider par cette énergie mystérieuse. Lorsqu'il les rouvrit, il se retrouva dans un paysage tout à fait différent, un lieu où le temps semblait s'être arrêté.

Alexandre entendit cette voix qui résonna à nouveau dans l'air, semblant provenir de toutes les directions à la fois. Alexandre se raidit reconnaissant cette voix comme celle qu'il avait entendu auparavant, lorsqu'il avait été attiré vers ce monde mystérieux.

-   Bienvenue, voyageur du temps, dit la voix. Je suis le gardien de cet espace-temps et je suis ici pour vous guider.

Alexandre échangea un regard intrigué puis se retourna vers l'origine de la voix. Une silhouette éthérée, semblant faite de lumières et d'ombres, se matérialisa devant lui. C'était le disciple du temps, un être qui semblait à la fois ancien et éternellement jeune.

-   Vous avez montré un grand courage en arrivant jusqu'ici poursuit le gardien. Mais votre quête n'est pas terminée. Vos amis, Nadia et Édouard sont également perdus dans ce continuum. Vous devez les retrouver pour restaurer l'équilibre de votre monde.

-       Comment puis-je les retrouver ? Demanda-t-il.

Le gardien leva une main et une carte faite de lumière apparut devant lui. Elle montrait des chemins entrelacés, des portails et des lieux marqués par des symboles inconnus.

-       Cette carte vous guidera vers eux, expliqua-t-il, mais prenez garde car le temps ici est capricieux. Chaque décision que vous prendrez pourrait vous rapprocher d'eux ou vous éloigner davantage.

Alexandre, hocha la tête reconnaissant pour l'aide du gardien.

-       Je ferais tout ce qu'il faut pour les retrouver déclara-t-il.

Le gardien sourit.

- Souvenez-vous, le véritable pouvoir réside dans le lien avec vos amis.

Avec ses mots la silhouette du gardien commença à s'estomper, laissant derrière elle, la carte lumineuse. Alexandre se retourna vers elle, prêt à entreprendre cette nouvelle étape, déterminait à retrouver Nadia et Édouard. Avec la carte lumineuse en main, Alexandre se mit en route, déterminait à retrouver ses amis. Le voyage le mena à travers des paysages féeriques, où chaque étape était marquée par des merveilles et des défis inattendus.

La première étape le conduisit à la planète "d'Auroria", un monde baigné de lumière dorée où les arbres semblaient faits d'or liquide. Ici il rencontra les "Luminas" , des créatures éthérées qui brillaient comme des étoiles. Les Luminas curieux, dansèrent autour d'Alexandre, partageant des fragments de leur sagesse ancienne. Ils lui indiquèrent que Nadia avait été vue près des cascades chantantes, un lieu où l'eau produisait une mélodie envoûtante en tombant. Aux cascades chantantes, l'eau formait des arcs en ciel et produisait un bruit envoûtant qui semblait murmurer des secrets. C'est là qu'il trouva Nadia hypnotisée par la symphonie aquatique.

Sur "Sylphira" le défi était tout autre. Les îles dérivaient constamment, changeant de position avec le souffle du vent. "Les Sylphes", bien qu'amicaux, étaient également des maîtres du jeu et proposèrent un défi. Alexandre et Nadia durent apprendre à chevaucher les courants d'air, guidés par les Sylphes pour atteindre l'île où Édouard se trouvait.
La course fut à la fois exaltante et périlleuse, avec des vents capricieux et des passages étroits entre les îles. Mais grâce à leur esprit d'équipe, ils remportèrent le défi, gagnant ainsi le respect des Sylphes et la clé pour retrouver Édouard. Sur l'île, ils retrouvèrent

Édouard entrain d'observer des oiseaux célestes, fasciné par leur grâce et leur liberté, Édouard avait l'air serein et calme, ce qui surpris Alexandre.

Enfin sur "Tempora", le temps lui-même était une entité capricieuse. Les paysages changeaient en un clin d'œil, passant du jour à la nuit en un instant. Ici le chronomancien les mit à l'épreuve, leur demandant de naviguer à travers des portails temporels qui les conduisaient à des versions alternatives de leur monde. Le piquant de cette étape résidait dans l'incertitude constante, chaque action pouvait avoir des conséquences imprévisibles. Mais en travaillant ensemble, en se fiant à leur amitié et leur courage, le chronomancien, impressionné par leur résilience leur offrit le cristal temporel, un artéfact d'une beauté éblouissante pulsant de l'énergie. Avec le cristal en main le trio d'amis se regroupa, prêt à activer son pouvoir. Une lumière éclatante les enveloppa et ils furent projetés dans un nouvel espace-temps.

Ce monde était à la fois fascinant et déroutant avec des paysages qui semblaient défier toutes les logiques. Les montagnes flottaient dans le ciel et des rivières d'étoiles filaient à travers les vallées. Ils se demandèrent si c'était encore des mirages dû à cet espace-temps.

Alexandre, Édouard et Nadia découvrirent que le cristal avait laissé en eux une connexion spéciale avec le futur. Ils se mirent à percevoir des échos de ce qui allait arriver, des fragments de visions qui les guidaient vers des moments critiques de leur propre époque.

Un jour ils furent tous les trois frappés par la même vision : une ville futuriste mais en proie à une crise énergétique majeure. Intrigués, ils décidèrent de suivre ces échos pour comprendre et si possible prévenir cette catastrophe.

Au lieu de voyager, physiquement dans le temps, ils utilisèrent leur connexion pour entrer dans une réalité virtuelle avancée, une simulation créée par des scientifiques du futur pour tester des solutions à des problèmes mondiaux. Là, ils collaborèrent avec des versions numériques d'eux-mêmes et d'autres esprits brillants de différentes époques.

Dans cet environnement virtuel, ils expérimentèrent avec des technologies et des idées nouvelles, fusionnant les connaissances du passé et du futur. Ils développèrent une source d'énergie durable en s'inspirant des cycles naturels et des innovations humaines. Après plusieurs essais et erreurs, ils réussirent à stabiliser la situation énergétique de la ville simulée.

Grâce à leur capacité unique à percevoir les échos du futur, Alexandre, Édouard et Nadia devinrent des catalyseurs du changement prouvant que même sans voyager physiquement dans le temps, il est possible d'influencer positivement l'avenir.

Toujours à la recherche de Clara, nos trois amis d'aventure furent à nouveau projetés dans un nouvel espace-temps. Après une série d'aventures temporelles, les trois compagnons utilisèrent le cristal pour suivre les traces laissées par son passage dans le tissu du temps. Leurs recherches les menèrent à un nouvel espace-temps, une réalité où le temps et l'espace semblaient se plier et se tordre de manière inattendue. Dans ce monde étrange, des fragments de différentes époques coexistaient créant un passage surréaliste où des forêts préhistoriques côtoyaient des métropoles futuristes. En explorant cet univers, nos amis rencontrèrent des versions alternatives d'eux-mêmes, vivant des vies qu'ils n'auraient jamais imaginées. Ces doubles leur offrirent des perspectives nouvelles et des indices sur la localisation de Clara. Chaque rencontre leur apportait une pièce supplémentaire du puzzle, les rapprochant de leur amie disparue. Finalement, ils découvrirent que Clara avait été capturée par une entité mystérieuse, une gardienne du temps chargée de protéger l'équilibre de cet espace-temps unique. Convaincue que Clara représentait une anomalie, la gardienne l'avait retenue pour l'empêcher de perturber davantage cet équilibre fragile. Avec courage et détermination, Alexandre et ses amis plaidèrent la cause de Clara, expliquant à la gardienne que leur amie n'était pas une menace mais plutôt une alliée dans la préservation du temps. Touchée par leur sincérité et leur dévouement, la gardienne accepta de libérer Clara, à condition que le trio s'engage à protéger cet espace-temps des perturbations futures. Nos amis réunis promirent de respecter cet équilibre délicat.

Mais qu'elle surprise lorsque la gardienne se présenta devant l'endroit où Clara était supposée être retenue, celle-ci avait disparue dans un nouveau tourbillon du temps.

Le retour de Clara dans les années 1968, après s'être évadée de la gardienne du temps, se retrouva dans une époque qui lui était familière et elle atterrit en plein cœur de l'effervescence culturelle et sociale qui caractérisait cette période. Bien que soulagée d'être plus proche de son époque d'origine, Clara savait qu'elle devait rester prudente et trouver un moyen de rejoindre ses amis, tout en évitant de perturber le cours naturel des évènements. Dans ce monde vibrant, Clara s'immergea dans la vie quotidienne, adoptant une identité discrète pour se fondre dans la société. Elle trouva refuge dans une petite communauté artistique où elle rencontra des esprits libres et créatifs qui partageaient des idéaux de changement et de progrès. Inspirée par leur passion, Clara participa à des mouvements pour la paix et l'égalité, utilisant ses connaissances du futur pour influencer

subtilement et positivement les discussions
et les actions de ses nouveaux amis.

Malgré les défis, Clara ne perdit jamais de vue
son objectif principal, retrouver ses amis.
Grâce à des indices laissés par ses amis à
travers le temps, elle découvrit l'existence
d'un cercle de chercheurs. En collaborant
avec eux, Clara espérait établir un contact
avec Alexandre pour coordonner leur retour
dans leur propre époque avec l'aide des
chercheurs et du cristal comme catalyseur de
communication. Ensemble ils mirent au point
un dispositif capable d'envoyer des signaux à
travers le temps. En espérant que le signal
arrivera à ses amis.

Entre temps, Alexandre et ses amis, toujours à
la recherche de Clara, ne cessèrent d'explorer
divers espace-temps, chacun offrant ses
propres mystères et défis. Un jour, alors qu'il
se trouvait dans une époque inconnue,
Alexandre perçut un signal faible mais
reconnaissable. C'était le message de Clara,

une lueur d'espoir dans l'obscurité de leur périple. Le signal contenait des coordonnées temporelles précises et des instructions pour les guider vers elle. Remplis d'espoir et d'énergie renouvelée, Alexandre et ses amis se mirent immédiatement au travail pour ajuster le cristal, leur clé pour naviguer à travers le temps. Avec une concentration intense, ils suivirent les indications de Clara et se préparèrent à voyager vers les années 1968. Le voyage fut tumultueux mais leur détermination les porta à travers les turbulences temporelles.

Lorsqu'ils émergèrent enfin dans l'époque de Clara, ils furent accueillis par l'atmosphère vibrante et changeante de cette période historique.
Leurs cœurs s'emplirent de joie lorsqu'ils aperçurent Clara, saine et sauve, les attendant avec un sourire. La réunion fut empreinte d'émotion et de soulagement.
Clara raconta ses aventures et comment elle

avait réussi à envoyer le signal. Alexandre et ses amis partagèrent à leur tour leurs expériences, consolidant ainsi le lien indéfectible qui les unissait.

Ensemble tous les quatre, ils décidèrent de profiter de cette opportunité pour explorer les années 1968, s'imprégner de l'énergie du moment. Ils savaient que leur passage ici n'était pas seulement une étape dans leur voyage mais aussi une chance de laisser une empreinte durable.

Fortifiés par leur réunion et les leçons apprises en chemin, les quatre amis se préparèrent finalement à retourner à leur propre époque. Ils emportèrent avec eux une compréhension plus profonde du temps et de l'importance de chaque moment, prêts à protéger et à respecter le tissu complexe de l'histoire.

Avec le cristal en main, Clara et ses compagnons se mirent en quête d'un artéfact légendaire qui selon les rumeurs, avait le pouvoir de ramener définitivement à leur époque d'origine. Cet artéfact nommé "l'Ancre du Temps" était censé stabiliser les voyages temporels et permettre un retour sûr et précis. Leur recherche les conduisit à travers divers lieux emblématiques de l'époque, des manifestations vibrantes aux cafés bohèmes où des idées révolutionnaires prenaient vie.

En chemin, ils rencontrèrent des figures influentes de la culture et de la science, qui leur offrirent des indices précieux sur l'emplacement de l'artéfact. Finalement, leur périple les mena à une ancienne cathédrale, au cœur de la ville, un lieu empreint de mystères. Là, parmi des manuscrits poussiéreux et des cartes anciennes, ils découvrirent une statue en or représentant une chouette qui tenait un parchemin entre ses pattes, où un texte d'écrivait l'emplacement de "l'Ancre du Temps". Un grand calvaire oublié, situait dans une région reculée, entouré de légendes.

Les quatre amis se lancèrent dans un voyage vers ce calvaire et son secret. Après deux jours de marche et d'obstacles à surmonter, ils finirent par arriver au calvaire où l'artéfact reposait en plein milieu de la croix, illuminé par une lumière du soleil filtrant à travers les fissures du calvaire. En plaçant le Cristal à côté de "l'Ancre du Temps", une énergie puissante se dégagea, enveloppant le groupe dans un lueur éclatante. Ils ressentirent un tiraillement familier, signe que le voyage temporel était en cours. En un instant, ils se retrouvèrent projetés à travers le temps, traversant des époques et des lieux jusqu'à ce qu'ils atterrissent enfin dans leur propre époque. De retour, ils réalisèrent l'ampleur de leur aventure et l'importance des leçons apprises. Ensemble, ils décidèrent de protéger le Cristal et l'artéfact, conscients de leur pouvoir et de la responsabilité qui en découlait. Leur voyage à travers le temps avait non seulement renforcé leur amitié mais aussi leur engagement à préserver l'équilibre du temps. Alors que les amis savouraient leur retour à leur époque, une vérité poignante se dévoila lentement. Alexandre, Dubois et Nadia réalisèrent leur désir collectif de retrouver Clara.

En réalité, Clara était à l'hôpital plongée dans un coma profond suite à une accident de la circulation survenu alors qu'elle se rendait rejoindre son amie Nadia, où elles devaient déjeuner ensemble après la journée de travail de Clara. (Début du récit)
Les souvenirs de leur voyage temporel prirent une nouvelle signification. Chaque défi surmonté, chaque leçon apprise semblait être une métaphore de leur lutte pour accepter la situation de Clara et leur espoir inébranlable de la voir se réveiller. L'artéfact et le Cristal, symboles de leur quête, représentaient en réalité leur désir de réunion, de voir leur amie avec eux, de la ramener à la vie consciente. Déterminés à être présents pour Clara, les amis passèrent leurs journées à l'hôpital,

partageant leurs histoires et leurs rêves, espérant que leur présence et leur amour l'atteindraient d'une manière ou d'une autre. Ils se remémoraient les moments passés ensemble, lui parlaient des aventures qu'ils avaient imaginées et lui promettaient d'être là à son réveil. Au fil des jours, leur espoir et leur soutien indéfectible créèrent une atmosphère de chaleur et de réconfort autour de Clara.

Un matin, alors que la lumière du soleil inondait la chambre de l'hôpital, Clara commença à montrer des signes de conscience. Ses doigts bougèrent légèrement et peu à peu elle ouvrit les yeux, accueillie par les sourires rayonnants de ses amis. Bien qu'elle fût faible, Clara ressentit la force de l'amour et de l'amitié qui l'entourait. Elle comprit que même dans l'inconscience, leurs liens avaient traversé les barrières de l'esprit et que leur voyage imaginaire avait été une expression de leur connexion profonde. Ensemble, ils entreprirent un nouveau voyage,

celui de la guérison et de la reconstruction,
reconnaissante pour chaque instant partagé
et chaque souvenir créé. Leur aventure, bien
que née de l'imaginaire, avait renforcé leur
amitié et leur avait appris la valeur
inestimable de la présence et du soutien
mutuel.

FIN.